Chers amis ro
bienvenue dans le

Geronimo Stilton

Texte de Geronimo Stilton.
Basé sur une idée originale d' Elisabetta Dami
Coordination des textes de Isabella Salmoirago.
Coordination éditoriale de Patrizia Puricelli. *Édition de* Alessandra Rossi.
Coordination artistique de Roberta Bianchi.
Assistants artistiques : Lara Martinelli *et* Tommaso Valsecchi.
Couverture de Giuseppe Ferrario. *Illustrations intérieures de* Elena Tomasutti *(design) et* Christian Aliprandi *(couleurs).*
Carte : Archivio Piemme. *Graphisme de* Merenguita Gingermouse *et* Yuko Egusa.
Traduction de Titi Plumderat.

Les noms, personnages et intrigues de Geronimo Stilton sont déposés. Geronimo Stilton est une marque commerciale, licence exclusive des Éditions Piemme S.P.A. Tous droits réservés.
Le droit moral de l'auteur est inaliénable.

www.geronimostilton.com

Pour l'édition originale :
© 2003 Edizioni Piemme SPA – Via Galeotto del Carretto, 10 – 15033 Casale Monferrato (AL) – Italie –
www.edizpiemme.it – info@edizpiemme.it –, sous le titre *Non sono un supertopo !*
International rights © Atlantyca S.p.A – Via Leopardi, 8 – 20123 Milan, Italie
www.atlantyca.com – contact : foreignrights@atlantyca.it
Pour l'édition française :
© 2008 Albin Michel Jeunesse – 22, rue Huyghens – 75014 Paris – www.albin-michel.fr
Loi 49-956 du 16 juillet 1949 sur les publications destinées à la jeunesse
Dépôt légal : second semestre 2008
N° d'édition : 18453/4
ISBN-13 : 978 2 226 18352-1
Imprimé en France par l'imprimerie Clerc à Saint-Amand-Montrond en janvier 2010

Stilton est le nom d'un célèbre fromage anglais. C'est une marque déposée de Stilton Cheese Maker's Association. Pour plus d'information, vous pouvez consulter le site www.stiltoncheese.com

Geronimo Stilton

DUR DUR D'ÊTRE UNE SUPER SOURIS !

ALBIN MICHEL JEUNESSE

GERONIMO STILTON
SOURIS INTELLECTUELLE,
DIRECTEUR DE *L'ÉCHO DU RONGEUR*

TÉA STILTON
SPORTIVE ET DYNAMIQUE,
ENVOYÉE SPÉCIALE DE *L'ÉCHO DU RONGEUR*

TRAQUENARD STILTON
INSUPPORTABLE ET FARCEUR,
COUSIN DE GERONIMO

BENJAMIN STILTON
TENDRE ET AFFECTUEUX,
NEVEU DE GERONIMO

PIÈGE À SOURIS

Mon nom est Stilton, *Geronimo Stilton*. Et vous allez découvrir l'une de mes **AVENTURES** préférées ! Moi aussi, j'adore la lecture : d'ailleurs, cette histoire a commencé à cause d'un livre...

C'était un samedi après-midi de **PRINTEMPS**, et j'étais sorti en sifflotant de la rédaction de *l'Écho du rongeur*.

C'est le journal que je dirige, et c'est aussi le plus

célèbre de l'Île des Souris. J'étais content, parce que j'avais prévu d'aller faire des courses, puis de me rendre à la BIBLIOTHÈQUE DE SOURISIA pour y emprunter un livre que j'avais envie de lire depuis longtemps.

Je pris le 𝕃𝕚𝕧𝕣𝕖, puis me dirigeai tout heureux vers la sortie. C'est à ce moment que le gardien cria :

– LA BIBLIOTHÈQUE FEEEEEEEEEEERME !

Mesdames et messieurs les rongeurs sont priés de se diriger vers la sortie !

Je me hâtai d'entrer dans l'ascenseur et appuyai sur le 𝔹𝕆𝕌𝕋𝕆ℕ, mais, à mi-chemin entre le troisième et le deuxième étage, j'entendis un grincement sinistre et la cabine s'immobilisa. Puis la lumière s'éteignit et je me retrouvai dans l'obscurité la plus totale. Je me mis à crier :

– Au secours ! L'ASCENSEUR est bloqué !

Terrorisé, je songeai :

– *Je suis coincé dans l'ascenseur, on est samedi après-midi… et personne ne sait que je suis pris au piège là-dedans !*

Des sueurs froides parcouraient mes moustaches, la tête me TOURNAIT et mon cœur galopait ! Je me mis à taper des pattes contre la porte d'acier, en hurlant :

– Je suis pris au pièèèèèèège !

C'est alors qu'il me sembla voir quelque chose qui bougeait dans l'OBSCURITÉ et je poussai un cri :

– Aaaaaaaaaaaaaaaggghhh !

Puis je regardai mieux : ce n'était que mon image qui se REFLÉTAIT dans le miroir de l'ascenseur !

UNE VÉRITABLE ET COMPLÈTE URGENCE TOTALE !

J'essayai de réfléchir :

– Donc, nous sommes samedi après-midi et la bibliothèque rouvrira lundi matin. Je vais attendre **calmement** et...

Mais, à l'idée d'attendre jusqu'au lundi, enfermé dans un ascenseur, j'eus une nouvelle attaque de TROUILLE féline et je me mis à sangloter :

– AU SECOUUUUURS ! AU SECOUUUUURS !

Pour me donner du courage, je m'assis sur le plancher, fouillai dans les sacs où j'avais rangé mes commissions et grignotai un petit morceau de *fromage*, puis je bus une gorgée de JUS d'orange.

Heureusement, je venais de faire les courses : d'habitude, un petit morceau de fromage me calme toujours mieux qu'une tasse de camomille (*je suis un gars, ou plutôt un rat, très gourmand et j'adore le fromage !*). En effet, pendant un instant, je me sentis mieux. Je me dis même que ce serait bien de passer le temps en feuilletant le livre que j'avais **EMPRUNTÉ**. Cela faisait si longtemps que j'avais envie de le **lire** !

Je pensai : « Dommage qu'il fasse trop **noir**. Il fait même **NOIR COMPLET** ! »

La pensée de toute cette

obscurité me rappela que je déteste les espaces clos : je suis claustrophobe !

Je me confectionnai un **oreiller** avec ma veste, m'allongeai sur le plancher et essayai de dormir. J'espérais que, ainsi, le temps passerait plus vite. Hélas, je ne parvins pas à m'endormir : ce fut vraiment une nuit interminable !

Je me **tournai** et me **retournai** pendant des heures, jusqu'à ce que je sombre dans un sommeil hanté de terribles cauchemars.

Je rêvai même que j'étais enfermé dans un sarcophage égyptien et que je ne pouvais pas en sortir !

QUEL CAUCHEMAR !

Le dimanche matin arriva, mais je ne m'en aperçus qu'en contrôlant les aiguilles phosphorescentes de ma **montre** : la lumière du soleil ne pouvait pénétrer dans l'ascenseur ! Pour me donner du courage, je continuais de me répéter :

– Il faudra bien que le lundi arrive, et alors quelqu'un viendra me **sauver**, ce n'est qu'une question de temps !

Heureusement, sur le coup de midi, il se passa *quelque chose* d'inattendu...

J'entendis une sonnerie :

Drinnnnnnnng !

Je sursautai : qu'était-ce ?

Quelque chose vibrait dans ma poche !

Vrrrrrrrrrrrrr !!!

Je me frappai le front de la patte : *par mille mimolettes*, c'était mon TÉLÉPHONE PORTABLE !

Quel nigaud, pourquoi n'y avais-je pas pensé plus tôt ? Je le sortis d'une patte tremblante, décrochai et balbutiai, tout ému :

– A-allô ! J-je s-suis nigaud... je veux dire : je suis Geronimo... je suis ascenseuré dans l'enfermeur... je veux dire : je suis enfermé dans l'ascenseur ! Libéreeeez-moiii !!!

Mon portable ! Pourquoi n'y ai-je pas pensé plus tôt ?

ALLÔ, ICI CHACAL !
GROARRRRRRRRRR !

Une voix à l'accent **bizarre** rugit :

– Allô, ici Chacal !

Je bredouillai :

– C-chacal, je suis bloqué dans un ascenseur, dans le noir, j'ai peur et…

Il me coupa de sa manière un peu **bizarre** :

– Où te trouves-tu ?

– Euh, dans l'ascenseur de la Bibliothèque de Sourisia…

J'entendis un cri **bizarre** :

– J'arriiiiiiiiiiiiiiiiiiive ! Groarrrrrrrrrr !

Je poussai un soupir de soulagement.

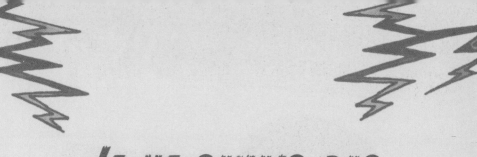

JE NE SAVAIS PAS
COMMENT IL FERAIT,
MAIS J'ÉTAIS SÛR D'UNE
CHOSE : IL ALLAIT
ME SORTIR DE LÀ.

ET VITE. JE LE
CONNAISSAIS BIEN...

LES MILLE FACETTES DE CHACAL

Il fait du parachutisme et
« saute » dans toutes
les aventures !

Il défend toujours
la nature !

Il sait barrer
un voilier !

Aucun sommet n'est trop haut pour lui !

Il sait s'orienter dans toutes les situations et ne se perd jamais !

Il aime chanter et plaisanter avec des amis autour d'un feu.

Il a un secret : il lit des livres de poésie.

Peu après, **QUELQU'UN** monta les escaliers en courant. **QUELQU'UN** cogna énergiquement sur la porte de l'ascenseur. **QUELQU'UN** s'exclama :

– **Je contrôle tout**, Cancoyote !

Je demandai, d'une voix faiblarde :

– Chacal, c'est toi ?

Pas de réponse. La porte de l'ascenseur grinça. Un rai de lumière se faufila dans l'obscurité et j'ouvris les yeux.

LUMIÈRE ! AIR ! LIBERTÉ !

Puis une patte d'acier m'extirpa de l'ascenseur, tandis que **QUELQU'UN** me hurlait dans les oreilles :

– Tout va bien, Geronimo ?

Je murmurai d'une voix éteinte :

– Scouittt...

Puis je m'évanouis *tant j'étais ému.*

J'AI BIEN CRU QUE J'ALLAIS Y LAISSER MON PELAGE !

Je passai le reste de la journée à la maison, pour récupérer un peu. Le lendemain, au bureau, je racontai à tout le monde cette MAUVAISE aventure :

– Quelle FROUSSE j'ai eue ! Tout seul, dans cet ascenseur, dans le noir... J'ai bien cru que j'allais y laisser mon PELAGE !

Téa soupira :

– Tu n'as jamais risqué d'y laisser ton pelage. Tu n'as fait que passer une *nuit* enfermé dans un ascenseur, voilà tout !

Traquenard *ricana*.

Seul Chacal gardait le silence, comme s'il réfléchissait. Puis il me posa une **PATTE** sur l'épaule, me regarda fixement dans les yeux et murmura, très sérieux :

– Dis-moi, Cancoyote, pourquoi ne m'as-tu pas appelé tout de suite sur ton portable ?

J'avouai :

– Euh... En effet... Je n'y ai pas pensé. Je ne sais pas comment cela se fait...

– Je vais te le dire, moi, pourquoi, Cancoyote ! Parce que tu as fait une *CRISE* de nerfs ! Parce que tu as *perdu* ton sang-froid ! Parce que tu t'es laissé gagner par la panique !

Puis il me donna une pichenette sur l'oreille.

– N'oublie jamais ces règles d'or :

RÈGLE N° 1 : TOUJOURS GARDER SON SANG-FROID !

RÈGLE N° 2 : GARDER DE BONS RÉFLEXES !

RÈGLE N° 3 : SAVOIR S'ADAPTER !

RÈGLE N° 4 : APPRENDRE À S'ORIENTER !

Tu as compris, **Cancoyooote ?**

Il griffonna quelques notes dans un carnet orange puis le referma d'un air songeur…

Puis il tapa sa PATTE contre celle de ma sœur *(pourquoi ?),* adressa un **CLIN D'ŒIL** à mon cousin *(pourquoi pourquoi ?),* et fit à Benjamin signe qu'il ne devait pas s'inquiéter *(pourquoi pourquoi pourquoi ?).*

Il murmura :

–Moi, je sais ce dont tu as besoin.

Puis il hurla à tue-tête :

– Tu vas voir ce que je te prépare ! Tu vas voir, *tu vas voiiir* !

Il m'attrapa par la queue et me traîna dans les escaliers qui menaient au toit de L'ÉCHO DU RONGEUR. Un HÉLICOPTÈRE orange nous y attendait. Je ne serais jamais monté là-dedans, mais il m'y poussa de force !

UN ENDROIT PLEINPLEINPLEIN DE SABLE

Chacal me tendit une paire de lunettes de soleil en polaroïd **identiques** aux siennes.

– Mets ça ! Sous le siège, tu trouveras des vêtements adaptés à notre voyage. Il y a aussi un sac à dos qui contient tout ce qu'il faut pour l'endroit où nous allons.

Je m'écriai, inquiet :

– Justement, où allons-nous ?

Il ricana :

– Allez allez allez, on va jouer à un petit jeu,

essaie de deviner. Imagine un endroit pleinpleinplein de sable…

Je me risquai, plein d'espoir :

– Une plage ?

Il rit :

– Bravo, Cancoyote, une plage !

J'essayai de deviner :

– La côte d'Azur ? Une île des Mers du Sud ? Les
Maldives ?

Il ricana :

– Beaucoupbeaucoupbeaucoup plus **GRAND**,
9 millions de kilomètres carrés ! Et beaucoupbeaucoupbeaucoup plus Chaud, jusqu'à soixante
degrés à l'ombre ! Et beaucoupbeaucoupbeaucoup
plus sec, il n'y pleut jamaisjamaisjamais !

J'étais incrédule.

– Mais il n'existe pas de telle plage…

Il était plié de rire.

– Et si tu voyais comme le soleil y brille, tu peux
attraper un bronzage du tonnerre !

Je ne devinais vraiment pas et Chacal s'étranglait de rire. Puis il reprit sa respiration et dit :

– Il y a pleinpleinplein de **DROMADAIRES** !

J'écarquillai les yeux.

– Excuse-moi, mais quel est le rapport avec les dromadaires ?

Il se mit à rire comme un BOSSU et l'hélicoptère tanguait de haut en bas au rythme de ses éclats de rire.

tanguait de haut en bas... de haut en bas... de haut en bas... de haut en bas... de haut en bas... de haut en bas...

– Il y a un rapport avec les dromadaires !

Il essaya de parler, mais il en fut incapable, car il riait à s'en tenir les côtes. Il réussit seulement à balbutier :

– Tiens… regarde en bas… voilà les dromadaires…

Au-dessous s'étirait une étendue de sable...
trèstrèstrèstrès **GRANDE**...
trèstrèstrèstrès Chaude...
trèstrèstrèstrès sèche...
avec pleinpleinplein de dromadaires...
Il ricana :
– Tu as vu, cette plage !
Mais ce n'était pas une plage, c'était le
DÉSERT DU SAHARA !
– Je te garantis que tu vas revenir avec un *bronzage du tonnerre !* poursuivit Chacal. Si tu ne te badigeonnes pas de crème solaire jusqu'à la pointe des moustaches, tu seras noir comme si tu avais été frappé par la foudre ! Prends note, il faut un **INDICE DE PROTECTION MILLE** !
– M-mais l'indice mille n'existe pas !
– Réponse exaaaaaaaacte ! C'est pourquoi il faut rester à l'ombre autant que possible, sinon tu feras un excellent **RÔTI DE SOURIS** ! Allez, prépare-toi. Je vais te faire subir quelques **TESTS** !

DÉSERT

QU'EST-CE QUE LE DÉSERT ?

Le désert est une zone presque totalement inhabitée, où il pleut très rarement, où le sol est aride et incultivable.

Il existe des **déserts chauds**, composés principalement de roches ou de sable qui, modelés par de forts vents, créent les fameuses **dunes**.

Mais il y a aussi des **déserts froids**, présents par exemple au Groenland, dans l'Arctique et dans l'Antarctique, formés d'immenses étendues de neige et de glace, où règne un froid intense !

SAHARA

Le **SAHARA** est le plus grand désert du monde : il se trouve dans la partie nord de l'Afrique et occupe une superficie d'environ **9 millions de kilomètres carrés**.

C'est une immense étendue de sable, sillonnée par les lits d'anciens fleuves à sec (*oueds*) qui, en cas de pluie (c'est-à-dire très rarement), se remplissent d'eau. Dans certains endroits, l'eau contenue dans le sous-sol affleure à la surface, formant des zones riches en végétation, les *oasis*, où vivent les tribus du désert, tels les **Touaregs**.

Cette population nomade se consacre surtout à l'agriculture et à l'élevage des moutons. On reconnaît facilement les Touaregs : pour se protéger du soleil, ils portent un couvre-chef particulier de couleur bleue et un **caftan**, longue tunique de couleur, avec d'amples manches.

TEST !!!

Chacal annonça :

– Bienbienbien, maintenant, je vais te faire passer quelques tests. En peu de temps, je ferai de toi une **VRAIE SOURIS** !

J'étais tellement inquiet que j'en avais les moustaches qui se tortillaient.

– Je n'ai pas besoin de devenir une **VRAIE SOURIS**, je m'aime comme je suis !

Il secoua la tête, d'un air décidé :

– C'est là que tu te trompes : tu t'aimes comme tu es… mais tu es un grand froussard ! S'il est quelqu'un qui a urgemment besoin de devenir une **VRAIE SOURIS** c'est bien toi, Cancoyote ! Je vais m'en occuper ! Tu verras, plus tard, tu me remercieras…

Mais pour l'instant… test numéro un !

Chacal farfouilla dans le col de ma chemise :

– Oh oh oh, qu'est-ce que c'est que ça ? Tiens tiens tiens... un **scorpion** !

Je poussai un cri perforetympan :

– Un scorpiooooooooon ? Au secouuuuuuuuurs !

Mais Chacal balança le scorpion devant mes yeux en ricanant :

– Il est en caoutchouc !

Puis il ajouta gravement :

– RÈGLE N° 1 : GARDER SON SANG-FROID !

Si ç'avait été un vrai scor-pion, tu serais déjà transfor-mé en croquettes pour chat ! Dès que j'eus surmonté ma **frayeur**, je me mis à courir derrière Chacal.

– Si je t'attrape, je vais te faire voir comment je garde mon sang-froid !

Pour m'échapper, Chacal escalada au pas de course une très haute dune de SABLE, fin comme de la farine.

En quatre enjambées, il atteignit le sommet et, de là-haut, se mit à m'encourager :

– Allez, Cancoyote, je veux que tu sois toniqueto-niquetonique ! Lève les pattes, **hop ! Hop Hop**

Mais moi je rampais péniblement en m'enfonçant dans le sable. Quand j'atteignis enfin le sommet, Chacal me fit un croche-patte, en me disant :

– Je fais ça pour toi, *tu verras, plus tard, tu me remercieras...*

Puis, alors que je faisais un roulé-boulé jusqu'au bas de la dune, il cria :

– Nulnulnul ! Tu n'as pas réussi le test, tu as oublié la **RÈGLE N° 2 : GARDER DE BONS RÉFLEXES !**

Aïïïïïïïïïïïïïïïe !

Tandis que je me débattais pour me débarrasser du sable, Chacal était déjà **DESCENDU** de la colline et me grondait :

– Pas de panique !

Puis il me tendit du fromage.

– Et maintenant… mange ça ! Je fais ça pour ton bien, *tu verras, plus tard, tu me remercieras…*

J'allais *vraiment* le remercier quand je m'aperçus que le fromage était plein D'ASTICOTS !

Je le jetai, dégoûté.

Chacal secoua la tête.

– Nulnulnul ! Tu n'as pas réussi le test, tu as oublié la RÈGLE N° 3 : SAVOIR S'ADAPTER ! S'il n'y a que du fromage aux asticots à manger, on mange du fromage aux asticots !

Le lendemain matin, je me réveillai à l'aurore.
Je m'étirai… me GRATTAI les moustaches…
puis sursautai : j'étais seul dans la tente !
Je trouvai seulement un petit mot de Chacal qui
disait :

TEST NUMÉRO 4 : REJOINS-MOI À L'OASIS
(MARCHE EN DIRECTION DE L'EST PENDANT
DEUX HEURES, PUIS EN DIRECTION DE L'OUEST…
TU VERRAS, PLUS TARD, TU ME REMERCIERAS !)

Le remercier ? Pas question ! Comment allais-je
m'en sortir, tout seul dans le désert ? Et où était
cette **Oasis** ? Mais je n'avais pas le choix. Je
chargeai mon sac sur mon dos et partis.
Je passai la journée à tourner en rond comme une
t o u p i e. J'essayais de m'orienter, mais je n'avais
aucun point de repère !

Dans le désert, il n'y a pas d'arbres, pas de routes, pas de maisons, rien que du sable...

du sable... du sable... du sable... du sable... du sable... du sable... du sable... du sable...

Au moment où le soleil se couchait, j'aperçus quelque chose de familier par terre. Je le ramassai : c'était mon mouchoir.

C'est donc que j'étais déjà passé là !

Je n'arriverai jamais à l'oasis !

Je me mis à sangloter :

– Je me suis perdu ! J'ai peur... très PEUR !

Heureusement, Chacal sortit de derrière une dune et hurla :

– Nulnulnul ! Tu n'as pas réussi le test, souviens-toi de la RÈGLE N° 4 : APPRENDRE À S'ORIENTER !

Chacal me conduisit jusqu'à l'oasis et, sous un arbuste, me dit :

– Tu dois te demander pourquoi je t'ai emmené ici ?

– Euh, oui, pourquoi m'avoir emmené ici ?

Il ricana.

– Je vais te donner un conseil qui vaut de l'or : reste **IMMOBILE** et muet !

J'allais demander *pourquoi* je devais rester immobile et muet quand j'entendis un bourdonnement.

Une seconde plus tard, j'étais recouvert d'abeilles... Des abeilles dans le désert ? Bizarre ! Pourtant, il y en avait partout ! Elles se promenaient sur mes oreilles, sur mes moustaches, sur le bout de mon museau !

Des abeilles sur mes lunettes. Des abeilles dans mon dos, dans mon cou et sur mes épaules.

abeilles abeilles abeilles abeilles **abeilles** abeilles abeilles abeilles abeilles abeilles abeilles **abeilles**

Un cauchemar !

Chacal mit son chronomètre en marche.

– Comme tu as de la chance ! Tu as une occasion unique de mettre ton sang-froid à l'épreuve. Je vais compter combien de secondes tu tiens avant de **crier**. Tu es prêt, Cancoyote ? Je commence à compter... Un... Deux... Trois... Quatre... Bravo, je te croyais moins résistant... Neuf... Dix... Bizarre, tu n'as toujours pas crié ?

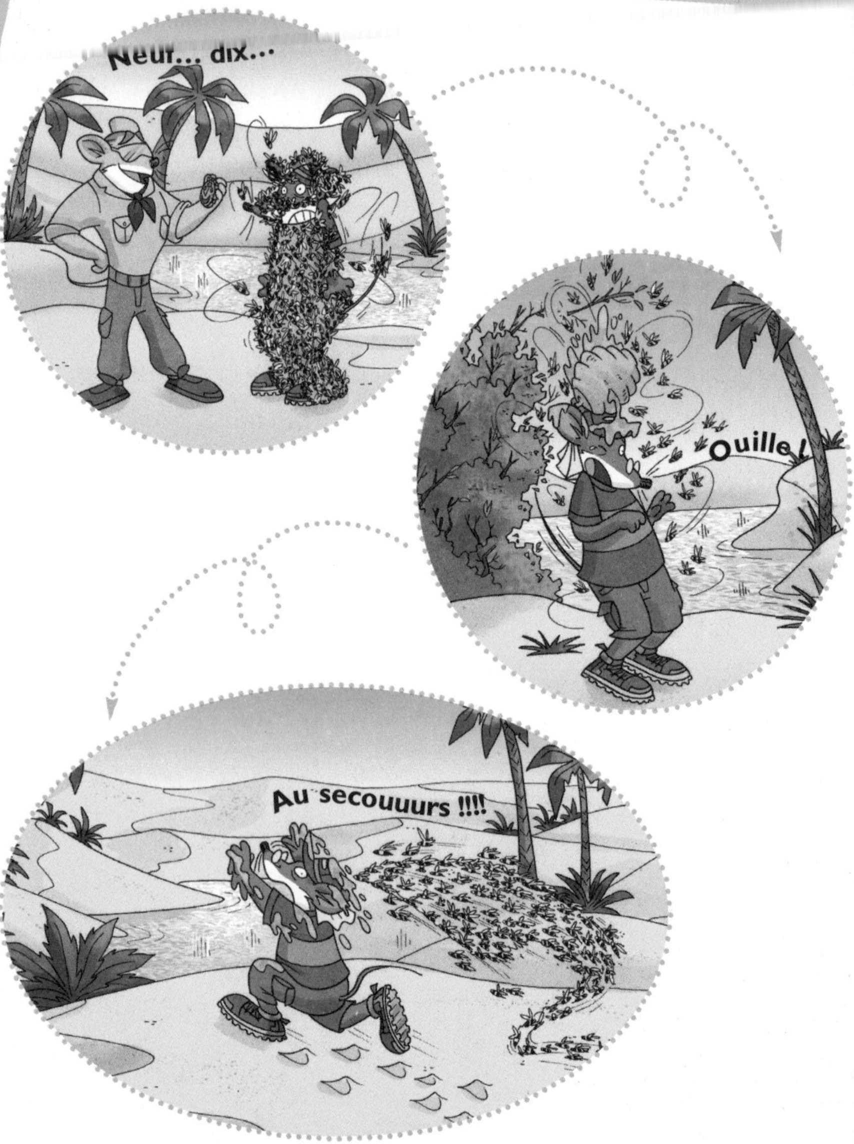
Neuf... dix...
Ouille !
Au secouuurs !!!!

Quinze… Seize… Ah, j'oubliais, dès que tu **HURLERAS**, elles te **PIQUERONT** ! Vingt…
Vingt et un… Vingt-deux…

Puis Chacal marmonna, déçu :

– Hum, tu ne cries pas ?

Je ne criai pas, parce que je n'avais pas l'intention de me faire **PIQUER**, mais *il* hurla :

– Alors je vais rendre le test plus difficile !

Puis il ricana en secouant l'arbuste, jusqu'à ce que l'essaim me tombe sur la tête !

Je pris mes pattes à mon cou et les abeilles, furieuses, se lancèrent à ma poursuite.

Bbbzzzzzzzzzzzzzzzzz !

Je courus à perdre haleine jusqu'au petit lac de l'oasis où je plongeai, tête la première, tandis que Chacal hurlait :

_ Bravooooooooo !

Record battu : cent mètres en 9 secondes !

> ### DES ABEILLES DANS LE DÉSERT
> Aussi surprenant que cela puisse paraître, dans certaines oasis du Sahara, où l'eau ne manque pas et où fleurit le paliure, une plante épineuse et très résistante, des abeilles parviennent à vivre et produisent un miel à la saveur intense.

TROP CHAUD !

Je me traînai jusqu'à la tente, me jetai sur mon lit de camp et m'endormis d'un coup.

Hélas, cette nuit (TRÈS FROIDE comme toutes les nuits dans le désert !) ne fut pas très longue.

J'avais l'impression de ne m'être ENDORMI que depuis cinq minutes quand un cri me fit sursauter :

– Cancoyooote ! Debout, dépêche !

– O-où suis-je ? balbutiai-je.

HÉLAS je compris tout de suite où j'étais : dans le désert, avec Chacal... Je sortis de la tente au moment même où le soleil pointait à l'horizon, dans un ciel sans nuage.

– Quel spectacle merveilleux !

ÉQUIPEMENT POUR SURVIVRE DANS LE DÉSERT

KIT ASPIRE-VENIN POUR SCORPIONS ET SERPENTS

SELS MINÉRAUX CONTRE LA TRANSPIRATION

PANSEMENTS AMPOULES

LUNETTES DE SOLEIL À VERRE POLAROÏD

BARRES ÉNERGÉTIQUES

CHAUSSURES DE TREKKING

CRÈME SOLAIRE

LAMPE TORCHE

CASQUETTE CONTRE LE SOLEIL

GOURDE THERMIQUE

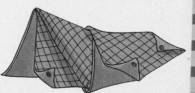

COUVERTURE DE SURVIE

Hélas, ce moment de paix fut de courte durée.
Chacal me 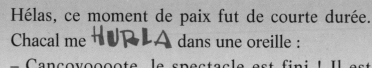 dans une oreille :

– Cancoyooote, le spectacle est fini ! Il est
l'heure d'échauffer ces PETITS MUSCLES
avec un peu de gymnastique !

Et, pour les échauffer, ça, je les échauffais !

Pendant que Chacal me faisait faire des exercices de plus en plus pénibles, la température montait de plus en plus.

Au bout d'une heure, il faisait assez CHAUD !

Au bout de deux heures, il faisait vraiment CHAUD !

Au bout de trois heures, il faisait trop trop CHAUD !

Après… je ne me souviens plus !

MON CERVEAU AVAIT FONDU !

Mais Chacal poursuivit l'entraînement toute la journée, même quand le soleil tombait à pic sur mon crâne. Il me fit faire de la gymnastique, des pompes, un cross, du saut d'obstacles, de l'haltérophilie et… *du saut de repas !* Bref, il me priva de nourriture !

Et il ne cessait de me répéter :

– Allez, Cancoyote, tu es une VRAIE SOURIS ou de la CANCOïLLottE ?

Je fis de mon mieux pour ne pas ressembler à de la cancoillotte, mais le soleil me faisait rôtir, sans pitié !

J'étais même tellement rôti que, à la fin de la journée, Chacal regarda mon museau brûlé et éclata de rire :

– Bravo, Cancoyote ! Tu es en progrès, tu ne ressembles plus à une cancoillotte, tu as l'air de…

UNE CANCOILLOTTE AU GRIL !

Puis, tandis que je me traînais vers la tente, Chacal me promit, pour me consoler, qu'il me réservait une belle surprise pour le lendemain. Et c'est dans cet espoir que je m'endormis.

Il fait chaud chaud chaud !

TROP FROID !

Le lendemain matin, Chacal me réveilla par son cri habituel :

– **Cancoyoooote, debout !**

Dépêche ! J'ai une surprise pour toi : on part !

Enfin, nous quittions ce désert de feu. Je repliai mon sac de couchage, bouclai mon sac à dos et le mis sur mon épaule, tout heureux. J'espérais que mes ennuis étaient finis, mais je me trompais...

Ça, pour me tromper...

Mes pensées furent interrompues par un bruit de moteur : Chacal m'attendait déjà à bord de l'HÉLICOPTÈRE orange.

Tandis que je montais, Chacal ricana :

– On va jouer à un petit jeu. Voyons si tu réussis

à deviner où je t'emmène ? Je parie que tu as
chaud, hein ?

– Tu peux le dire ! Je n'en peux plus de cette chaleur de **CAUCHEMAR** !

Alors il proposa :

– Donc tu rêves de te retrouver dans un bel endroit
bien **FRAIS** ?

– Oh oui, j'aimerais tant !

Chacal insista :

– Tu aimerais te retrouver dans un endroit *frais-
fraisfrais* ? Frais très frais on ne peut plus frais ?

Je répondis imprudemment :

– Ben, oui, plus ce serait frais, meilleur ce serait.

Chacal se frotta les pattes, ravi.

– Je vais t'aider à deviner. C'est un endroit *très-
trèstrès lointain... peupeupeu* **HABITÉ**...
avec *beaucoupbeaucoupbeaucoup* de **VENT**...

– Hum, je ne devine pas... Allez, Chacal, dis-
moi : où m'emmènes-tu ? Où allons-nous ?

Chacal hurla d'un air satisfait :

– Des montagnes de neige... Des fleuves de glace... Quarante degrés en dessous de zéro... Le **PÔÔÔÔÔLE NOOOORD** !

Je m'écriai :

– Le Pôle Nord ? Alors je préfère rester ici.

Chacal mit les gaz.

– Ah non, mon cher Cancoyote, une **VRAIE SOURIS** ne change pas d'idée toutes les cinq minutes, comme une girouette. Tu as dit que tu préférais un endroit bien frais et nous allons dans un endroit bien frais !

Ce fut un voyage éreintant : après l'hélicoptère, nous prîmes un avion, puis un navire brise-glace, puis de nouveau un hélicoptère...

Pendant tout ce temps, Chacal me donna des instructions pour rester en vie à moins quarante degrés. À un moment donné, il insista :

– Cancoyote, rappelle-toi, essaie de ne pas **transpirer** sinon ta sueur **GÈLERA** sur toi !

ÉCHARPE TUBULAIRE AVEC DOUBLURE POLAIRE

GANTS AVEC DOUBLURE POLAIRE

PASSE-MONTAGNE AVEC DOUBLURE POLAIRE

CRÈME AU NÉOPRÈNE

DOUDOUNE EN TISSU IMPERMÉABLE ET TRANSPIRANT

PULL AVEC TRIPLE COUCHE DE LAINE

PROTÈGE-OREILLES

LUNETTES POUR LE VENT, LE BROUILLARD ET LE SOLEIL

COUVRE-QUEUE TUBULAIRE IMPERMÉABLE

PANTALON EN TISSU IMPERMÉABLE ET TRANSPIRANT

CHAUSSURES D'ALPINISME

LOURDES CHAUSSETTES DE LAINE

RAQUETTES POUR LA NEIGE

ÉQUIPEMENT POUR SURVIVRE AU PÔLE NORD

* La banquise est une plaque de glace qui recouvre la mer dans les régions polaires.
** La crème au Néoprène protège du froid et évite les gerçures dues au gel.

Je protestai :

– Je rentre chez moi et je m'assieds dans mon fauteuil, comme ça, c'est sûr, je ne risque pas de transpirer…

– Ça serait trop facile ! Il faut apprendre la MAÎTRISE DE SOI ! Mais ne t'inquiète pas, je vais t'apprendre à **survivre**, Cancoyote !

Puis il me fit mettre l'équipement polaire *trois couches* de tout, du bonnet aux chaussures ! Quand, enfin, je descendis de l'hélicoptère, j'avais l'air d'une montgolfière et j'étais tellement rembourré que je n'arrivais presque pas à me déplacer.

Je regardai autour de moi : je me trouvais dans un immense désert de glace, balayé par le vent. Nous étions sur la banquise*. Il faisait froid, trop froid, un froid polaire !

Chacal hurla :

– Tu as mis la crème au Néoprène**, Cancoyote ?

– Crème, quelle crème ?

– Ma crème contre le vent, tu ne veux quand même pas te congeler les moustaches ?

– Mais vraiment, moi…

– C'est nul, Cancoyote, elles pourraient s'effriter…

Cela m'inquiéta tant que je commençai à avoir des rigoles de sueur qui coulaient sur mon front et dans mon dos.

Chacal me scruta d'un regard inquisiteur :

– Tu ne serais pas en train de transpirer, Cancoyote ?

– P-pourquoi ?

– Parce que tu pourrais te congeler comme une morue ! À propos, as-tu mis le COUVRE-QUEUE tubulaire imperméable en microfibre polaire ?

– Quoi ? demandai-je.

– Alors tu ne l'as pas mis ! Nul, vraiment nul, Cancoyote, ta queue pourrait se congeler ! Tu ne veux tout de même pas qu'elle TOMBE, non ?

Mes moustaches commencèrent à se tortiller de STRESS…

– Je tiens à ma queue, moi !

Je hurlai, exaspéré :

– Il fait trop froid, ici ! Je veux rentrer à la maison !

Chacal me donna une tape sur l'épaule :

– Allez, Cancoyote ! Le plus BEAU reste à vivre !

– Le *plus beau* ? Quel *plus beau* ?

– Nous allons atteindre… le Pôle Nord !

C'est trop *beau* ! 100 kilomètres de marche à ski, à tirer le traîneau avec l'équipement et les victuailles, à monter et à démonter la tente, à préparer les repas, seuls dans ces étendues glacées… Nous allons marcher vers le Nord jusqu'à ce que le **GPS*** nous dise que nous sommes arrivés au Pôle Nord. Tu es content ?

Je ne répondis même pas et commençai à marcher en silence, pour épargner mes forces, en essayant de ne pas transpirer. Je pensai : « Plus tôt nous arriverons au Pôle Nord,

*GPS : système de géolocalisation par satellite qui permet de savoir où l'on se trouve partout sur Terre.

plus tôt nous quitterons cet endroit **CAUCHEMARDESQUE** ! »

Ce fut une marche très éprouvante : elle dura des jours et des jours. On avait l'impression qu'elle n'aurait pas de fin…

Mais, au soir du septième jour, le GPS bipa : nous *étions arrivés* !

– Bravo, Cancoyote, quand tu ne me *DÉÇOIS* pas, tu me donnes de grandes **satisfactions** !

Peu après, un moteur vrombit au-dessus de nos têtes : l'hélicoptère était venu nous chercher.

Allez, Cancoyote !

Brrrr !

TROP DE JUNGLE !

Je dormis durant tout le voyage.

Je m'aperçus à peine que nous changions d'équipement et de moyen de transport : un hélicoptère, un bateau, un avion, un train, encore un bateau, encore un avion.

QUEL VOYAGE HALLUCINANT !

Dans un demi-sommeil, je perçus dans le lointain la voix de Chacal qui me parlait de **TIGRES** affamés, de **JUNGLE**, de **Marécages**, de **SERPENTS** venimeux... Je ne compris rien de ce qu'il me disait. J'étais tellement épuisé que je n'arrivais pas à me réveiller...

ÉQUIPEMENT POUR SURVIVRE DANS LA JUNGLE

FLACON DE SÉRUM ANTI-VENIN

GOURDE

VAPORISATEUR DE RÉPULSIF POUR INSECTES

LAMPE TORCHE

MACHETTE

CORDE

PONCHO POUR LA PLUIE

LA JUNGLE

La jungle est la végétation typique des zones tropicales asiatiques. C'est un enchevêtrement dense d'arbres immenses, de très hauts arbustes et de lianes. Cette végétation se développe grâce à d'abondantes pluies dues aux moussons, les vents typiques de ces zones. La nourriture pour les animaux y est toujours abondante. Dans la jungle, il est bon de porter des vêtements légers et d'avoir sur soi un kit de survie, ne comportant que peu d'objets, mais très utiles !

Je ne me réveillai complètement que lorsqu'il me hurla dans une oreille :

– Alors, Cancoyote, tu as bien tout tout tout compris ? J'insiste : mets en pratique ce que je t'ai appris, si tu veux rester en vie ! Allez, lance-toi ! On va s'amuser !

Puis il me poussa dans le dos et je tombai dans le

VIDE ! Ma chute fut interminable, jusqu'à ce que je découvre une CORDELETTE et... que je tire dessus !

Le parachute s'ouvrit avec une forte secousse et ralentit ma descente.

En me balançant dans le vent, je vis, en dessous de moi, les cimes des arbres qui se rap-

Sonack !

prochaient de plus en plus, de plus en plus, de plus en plus... C'était une forêt très dense... Ou plutôt, non

C'ÉTAIT LA JUNGLE !

Pourquoi n'avais-je pas mieux écouté les explications de Chacal ? Comment allais-je **survivre** dans cette jungle on ne peut plus sauvage ?

J'eus à peine le temps de me dire : "OH-OH, JE CROIS QUE JE SUIS DANS LE PÉTRIN !" que mon parachute s'empêtra dans les **BRANCHES** d'un arbre gigantesque.

Je fis rapidement le point sur la situation : j'étais perdu dans une jungle inhabitée, entortillé dans mon para-chute, et, en plus, suspendu à un arbre immense.

Puis je hurlai :

– Au secouuuurs ! Je ne veux pas rester ici, pendu en l'air comme un saucisson qu'on a mis à sécher !

J'ÉTAIS BEL ET BIEN DANS LE PÉTRIN !

Et puis, cette jungle résonnait de mille bruits ter-rifiants... mes moustaches s'en tortillaient de peur ! Il me sembla d'abord entendre le bruit de mâchoires qui s'ouvraient et se fermaient...

SGNACK...   SGNACK...

Peut-être étaient-ce des **CROCODILES** affamés à la dentition meurtrière ?

Puis j'entendis le puissant rugissement d'un **TIGRE**...

GROOOARRr!

Peut-être était-ce un tigre vorace de Malaisie, un mangeur de rongeurs ? Enfin, je fus enveloppé par un nuage **D'INSECTES**...

BZZZZZ ! BZZZZZ !

BZZZZZZ ! BZZZZZZ !

BZZZZZZ !

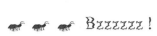 BZZZZZZ !

Peut-être étaient-ce d'étranges insectes exotiques à la piqûre venimeuse ?

Quelle peur, quelle frousse, quelle trouille !

Je hurlai, avec tout le souffle que j'avais dans la poitrine :

– Au secouuuurs ! Quelqu'un peut me sauver ?

Soudain, j'entendis les feuilles s'agiter à côté de

moi et je me dis : « Chacal est venu me sauver ! »
Mais, du feuillage jaillit… une face velue ! Puis deux
yeux rapprochés… un museau proéminent… Pauvre
de moi, ce n'était pas Chacal : c'était un orang-outan !

J'ÉTAIS BEL ET BIEN DANS LE PÉTRIN !

C'est alors que l'orang-outan se mit à me bercer
« tendrement », c'est-à-dire en me balançant si
fort que j'en eus le mal de mer !
Alors, je compris : c'était une
maman ORANG-OUTAN qui
m'avait pris pour son petit !
Je protestai :
– Excusez-moi, euh… madame…
Il y a erreur sur la personne. Je
suis navré de vous décevoir… mais
je ne suis pas votre enfant !
Elle m'adressa un regard perplexe et commença à
FOUILLER de ses ongles dans le pelage de
ma tête.

Elle était en train de m'épouiller, comme font tous les orangs-outans entre eux.

Je protestai, fâché :

– Comment osez-vous ? Je n'ai pas de **POUX**, je ne suis pas un orang-outan et, surtout, je ne suis pas votre enfaaaant !

Mais elle continua de m'épouiller comme si de rien n'était, m'arrachant çà et là des **TOUFFES** de poils. Alors, exaspéré, j'explosai :

– Ça suffit, par pitié, laissez-moi tranquille, je veux rentrer chez moiii !

Alors, elle me regarda d'un air sévère et me donna deux fessées de ses énormes pattes. Elle croyait que je faisais un caprice ! J'étais désespéré et je me mis à **PLEURER** :

– Au secours, lâchez-moi, je veux desceeendre !

Pour me consoler, elle me força à manger tout un régime de bananes pourries.

PAuVRÉ DÉ Moi !

Heureusement, au moment où j'allais craquer, Chacal apparut dans le feuillage.

– Cancoyote, ne fais jamais confiance à un orang-outan ! Tu ne sais donc pas qu'il pourrait écra-bouiller ta petite tête ?

Je bafouillai :

– É-écrabouiller… ?

Puis je m'**évanouis**.

SOMBRE,
TROP SOMBRE !

Quand je revins à moi, j'étais de nouveau dans l'hélicoptère. Chacal me secoua :

– Debout, Cancoyote ! Tu n'étais pas vraiment en **DANGER** : j'étais à côté de toi, prêt à intervenir.

Il me donna une tape sur l'épaule, puis reprit :

– Tu es une vraie cancoillotte, CANCoYote !

Mais ne t'inquiète pas, d'ici à quelques jours, j'aurai fait de toi une VRAIE SOURIS ! Je m'en occupe, Cancoyote !

– O-oui, on v-verra… mais où m'emmènes-tu, m-maintenant ?

– Là où tes pires cauchemars vont devenir réalité : dans une GROTTE !

ÉQUIPEMENT POUR SURVIVRE DANS LA GROTTE

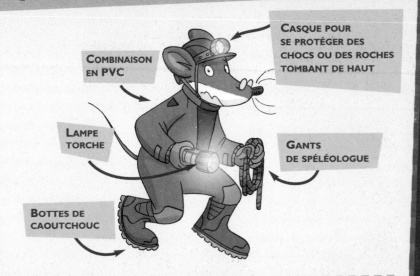

COMBINAISON EN PVC

CASQUE POUR SE PROTÉGER DES CHOCS OU DES ROCHES TOMBANT DE HAUT

LAMPE TORCHE

GANTS DE SPÉLÉOLOGUE

BOTTES DE CAOUTCHOUC

LES GROTTES

Les grottes sont des cavités souterraines naturelles (mais il en existe d'artificielles), qui sont formées par l'érosion de la roche.

Bien qu'elles aient souvent servi de refuges aux premiers hommes, ce sont des endroits fort peu hospitaliers.

En général, il y fait **froid**, il y a beaucoup d'**humidité** et l'**obscurité** est impénétrable ! La **spéléologie** est la science qui étudie les grottes, leur origine et leurs caractéristiques. Avant d'explorer une grotte, il faut toujours s'équiper très soigneusement… comme Geronimo !

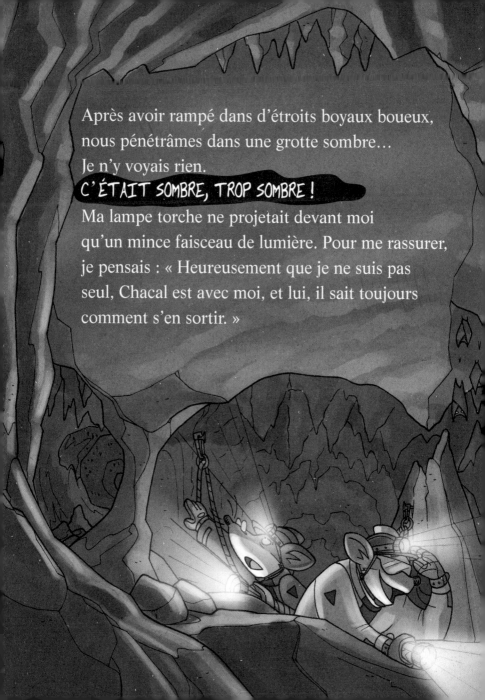

Après avoir rampé dans d'étroits boyaux boueux,
nous pénétrâmes dans une grotte sombre...
Je n'y voyais rien.
C'ÉTAIT SOMBRE, TROP SOMBRE !
Ma lampe torche ne projetait devant moi
qu'un mince faisceau de lumière. Pour me rassurer,
je pensais : « Heureusement que je ne suis pas
seul, Chacal est avec moi, et lui, il sait toujours
comment s'en sortir. »

Tandis que nous rampions dans la **boue**,
Chacal me recommanda :
– Attention, Cancoyote, il est facile de se perdre
dans les grottes. Reste toujours **près** de moi : si
tu t'engages dans une mauvaise galerie, tu risques
de te perdre. Tout ce qu'on retrouvera de toi, ce
seront les **OSSEMENTS**, *(peut-être)* dans des
siècles et des siècles…
– N-non, je n'ai pas du tout l'intention de m'éloigner
de toi !

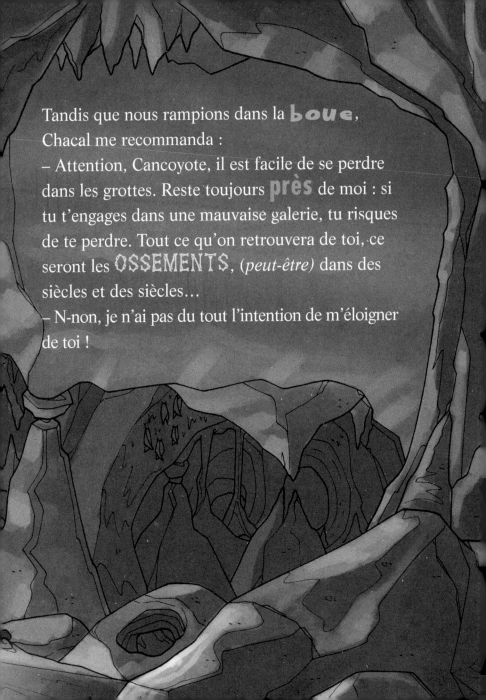

– Et prends bien soin de la LAMPE TORCHE. Tu ne dois jamais la perdre, elle ne doit jamais s'éteindre ! Sinon, tu es une souris morte ! Tout ce qu'on retrouvera de toi, ce seront les OSSEMENTS (*peut-être*)...

– N-non, je n'ai pas du t-tout, mais vraiment pas du t-tout, l'intention de lâcher ma lampe…

– Trèèès bien, Cancoyote. À propos, as-tu pris le sachet avec les piles de rechange ?

– Quelles **PiLeS**, quel *sachet*, quelle **RECHANGE** ?

J'étais tellement agité que je me levai d'un coup : ma tête heurta une stalactite et la lumière de mon casque s'éteignit. Puis un sachet tomba de ma poche et les piles roulèrent dans une galerie latérale.

Je voulus les rattraper mais, au bout d'un moment, je m'aperçus qu'il y avait quelque chose de bizarre. Il y avait trop de silence.

J'étais seul.
Seul !
Et j'avais peur.
Très très très
peur !

Il n'y avait plus personne dans la galerie.

Je hurlai, terrorisé :

– CHACAL, OÙ ES-TU ?

Silence. Pas de réponse.

Je m'étais perdu dans les grottes !

Alors je fis la chose la plus stupide que j'aurais pu faire : je me mis à errer dans les galeries…

J'ERRAIS, ERRAIS, ERRAIS, ERRAIS.

Je cherchais la sortie tout en pensant : « Heureusement que ma lampe torche fonctionne touj… »

Je n'eus pas le temps de terminer ma pensée que la lumière s'affaiblit. Je me souvins avec horreur que je n'avais plus les piles de rechange.

Un instant plus tard, j'étais dans L'OBSCURITÉ.

Une obscurité on ne peut plus obscure !

Je m'affaissai dans un coin et me mis à sangloter, puis, pour me donner du courage, j'entonnai ma **chanson préférée**.

JE SUIS UNE SOURIS TRANQUILLE !

Tu sais bien que j'aime vivre tranquille
Loin des dangers, des risques, des périls,
Au chaud chez moi, sans aucune aventure,
Collé à mon frigo, sans éclaboussures !

Je ne suis pas une super-souris, eh non,
J'ai peur des rats, des oiseaux, des frelons,
Mais un bon ami vient me tenir compagnie,
Je n'ai plus peur de rien du tout, eh oui !

Le seul mot « chat » me donne envie de crier,
Ils me font peur, je ne peux m'en empêcher.
Si nous sommes plusieurs, j'aurai le courage
D'affronter la vie en criant : « À l'abordage ! »

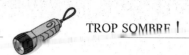

Enfin, au bout d'un moment qui me parut interminable (alors que, en réalité, il ne s'était écoulé que trois heures !), Chacal vint me chercher : il avait entendu ma voix !

Il me dit :

– Bravo, Cancoyote, tu as bien fait de **chanter** ! Sinon, je ne t'aurais plus jamais retrouvé et tes OSSEMENTS etcetera etcetera etcetera…

Il me guida jusqu'à la sortie, puis m'accompagna à ma tente.

Je n'étais pas FATIGUÉ. J'étais é-p-u-i-s-é.

Je glissai mes pattes dans le sac de couchage et me le remontai jusqu'aux oreilles.

Je sombrai dans un sommeil très très p-r-o-f-o-n-d...

TROP DE STRESS !

Mais, quelques minutes plus tard, Chacal entra dans ma tente et me réveilla, puis essaya de toutes les manières possibles de me faire perdre **patience**.

Était-ce un nouveau test ?

IL ME SOUMIT À UN STRESS ÉPOUVANTABLE !!!

Il me dit tout ce qui lui passait par la tête pour que je perde mon sang-froid : il commença à me rudoyer en me disant que j'étais un idiot-ramollo-nigaud-zigoto-cancoillotte… Et cela dura pendant des **HEURES** et des **HEURES** et des **HEURES**, jusqu'à ce que je n'en puisse plus.

LES DIX ÉTAPES DU STRESS

J'essayai de garder mon sang-froid, mais je finis par exploser.

JE N'AVAIS PAS RÉSISTÉ AU STRESS.

J'AVAIS FAIT UNE CRISE DE NERFS.

Chacal secoua la tête.

– Tu as déjà appris beaucoup. Mais tu es encore un peu faiblard du côté des nerfs, hein ? Pas de panique, nous allons résoudre ce problème une bonne fois pour toutes. Je vais t'expliquer comment et pourquoi il faut garder son sang-froid en toutes circonstances. J'ai une méthode. Ça marche à tous les coups.

Parole de Chacal, groarrrrrr !

COMMENT ET POURQUOI IL FAUT GARDER
SON SANG-FROID EN TOUTES CIRCONSTANCES

QUELQUE CHOSE T'A MIS EN COLÈRE ?
TU AS PERDU PATIENCE ?
TU ES À BOUT DE NERFS ?

Voici la méthode de Chacal !
TOUJOURS CALME ET SUR PATTES !

1. Respire profondément.
2. Compte jusqu'à 10 avant d'agir.
3. Essaie de comprendre ce qui t'a mis
   dans cet état.
4. Demande-toi si la colère ou la peur que
   tu éprouves est exagérée ou non par rapport
   à la situation que tu es en train de vivre.
5. N'oublie pas : il n'y a RIEN au monde qui vaille
   vraiment la peine qu'on se mette en colère !
6. Une fois que tu as compris où est le problème,
   cherche une solution !

RÉSULTATS GARANTIS AU FROMAGE !

LE STAGE
DE SURVIE EST...

Le lendemain matin, je fus réveillé par un cri :

_ Cancoyoooooooooooote !

Je bondis sur mes pattes, sortis en courant, prêt à toutes les nouveautés.

Qu'est-ce qui m'attendait, cette fois ?

Quel *DANGER ?*

Quelle *URGENCE ?*

Quelle *AVENTURE ?*

Chacal m'attendait devant la tente, les bras croisés.

Il me fixa longuement du regard.

Puis il cria :

– Et maintenant, écoute-moi bien...

...LE STAGE DE SURVIE

EST FINIIII !

J'étais ahuri.

– Quoiquoiquoi ? Le stage est fini ?

– Oui ! répondit Chacal.

– Plus de FROID ?

– Non.

– Plus de CHALEUR ?

– Non.

– Plus d'ÉPREUVES ?

– Non.

– Plus de faim, de soif, d'obscurité ?

– Non non non !

Il m'accrocha au cou une assourissante MÉDAILLE d'or, retenue par un ruban de soie rouge.

Puis, pour la première fois, il sourit et dit un seul mot, mais très précieux :

– Bravo !

Je répondis d'un seul mot, mais plein de reconnaissance, de sincérité et d'émotion :

– Merci.

LE VÉRITABLE STAGE DE SURVIE… C'EST TOUS LES JOURS, ICI ET MAINTENANT !

Chacal me donna une pichenette sur une oreille et me tendit un *papier* :

– Fais-en bon usage, Cancoyote ! Ça te sera utile ! Et il se dirigea vers un hôtel non loin de là où nous devions passer quelque temps avant de rentrer à Sourisia. Je n'eus même pas la force de le lire. Épuisé, j'arrivai moi aussi à l'hôtel et me traînai jusqu'à ma chambre.

Puis je me glissai dans la **baignoire** et me plongeai dans l'eau chaude pour détendre mes muscles endoloris.

Cependant, je lus le papier que m'avait donné Chacal : c'était un *DIPLÔME* ! J'avais les

---

STAGE DE SURVIE
Diplôme

VU LES INNOMBRABLES EFFORTS ACCOMPLIS POUR AFFRONTER :
- la chaleur du Sahara !
- les glaces du Pôle Nord !
- la terreur de la jungle !
- l'obscurité des grottes !

JE CERTIFIE QUE MONSIEUR GERONIMO STILTON, SURNOMMÉ CANCOYOTE, A RÉUSSI LE PRÉSENT STAGE DE SURVIE.

CHACAL

NE PAS OUBLIER :

1. Le désert t'a appris que, peu importe le nombre et la nature des problèmes que tu rencontres chaque jour, ce qui compte, c'est de les affronter dans un **état d'esprit positif !**

2. Comme tu as fait au Pôle Nord, ne baisse jamais les pattes, sois optimiste et aie toujours **confiance en toi.**

3. La vie t'offre toutes les occasions de grandir, mais aussi de rencontrer de **nouveaux amis**, comme cela t'est arrivé dans la jungle, hé hé hé !

4. Enfin, n'oublie pas : la vie a toujours et seulement le **goût** que tu lui donnes ! En chantant dans la grotte, tu as pris un bon départ !

Bref, le véritable stage de survie... c'est tous les jours, **ici** et **maintenant !**

moustaches qui se tor-
tillaient **d'émotion** :
j'y étais arrivé ! J'avais
réussi le stage. Mais je
n'étais pas mécontent que
ce soit fini !

Tout en pensant à Chacal,
je ressentis un **CREUX À L'ESTOMAC**...
aussi, je sortis de la baignoire et commandai un
petit **en-cas** au « Service de chambre » de
l'hôtel : une assiette de spaghettis aux quatre
fromages.

Puis je trottinai jusqu'à mon lit.

Ronf, ronf, ronf...

Je fermai les yeux, en murmurant :

– Je vais faire un PETIT SOMME... comme ça, juste pour me reposer...

RONFFF... RONFFF... RONFFF... RONFFF...
RONFFF... RONFFF... RONFFF... RONFFF...

Je me réveillai vingt-quatre heures plus tard.

Par mille mimolettes, quel roupillon !

BREF... DONC... EH BIEN... ENFIN... C'EST-À-DIRE...

Nous repartîmes le jour même et, le lendemain matin, nous arrivâmes à **Sourisia**.

Je me rendis tout de suite à *l'Écho du rongeur*.

Je **SALUAI** tout le monde... entrai dans mon

bureau… ouvris mon agenda… et allumai enfin mon ordinateur…

Me voici de retour à ma vie de tous les jours !

Puis je soupirai.

J'avais vécu tant d'AVENTURES !

J'avais souffert, j'avais eu PEUR, j'avais pensé plusieurs fois que je n'y arriverais jamais…

Mais, à présent, en y repensant…

Bref… donc…
eh bien…
enfin…
c'est-à-dire
je dois admettre
que ç'avait été
une expérience fantastique !

À cet instant, à cet instant précis, la porte de mon bureau s'ouvrit !

C'était ma sœur Téa ! Je crus qu'elle était venue pour me dire bonjour, mais elle me dit, inquiète :

– Geronimo, tu connais la **nouvelle** ?

Je répondis, surpris :

– Non, quelle nouvelle ?

Téa alluma la *télévision* : une édition extraordinaire du journal était en cours. Le journaliste racontait :

– Dernières nouvelles ! Un cyclone vient de frapper la région nord de l'île des Souris, près de la Baie des Dauphins. Nous ne sommes, hélas, pas en mesure de dire quels dégâts il a provoqués. Nous diffuserons dès que possible des reportages sur cette catastrophe.

Je bondis sur mes pattes : la situation est très grave ! Il faut **faire quelque chose, et tout de suite** !

Au même moment, le téléphone sonna.

C'était **Honoré Souraton**, le maire de Sourisia.

– Geronimo, mon ami, j'ai besoin de votre aide. Il faut **faire quelque chose, et tout de suite** ! Hélas, nous n'avons aucun véhicule de secours !

Pas d'hélicoptères, pas de camions, pas d'ambulances... Et la ville n'a plus d'argent dans les caisses !

L'île des Souris n'a jamais connu une catastrophe de ce genre !

– Monsieur le maire, c'est terrible. Mais… je ne sais vraiment pas quoi faire pour vous aider ! Je dirige un journal, je ne sais pas comment on gère une situation d'**URGENCE** !

Il répondit :

– Je comprends, ce n'est pas grave, je pensais que vous… Bon, appelez-moi s'il vous vient une idée.

J'avais le moral à zéro. J'étais désolé de l'avoir **DÉÇU**. Je raccrochai et m'affalai sur mon bureau : comment l'aider ? Il y avait trop à faire, et de trop grandes choses, pour un seul rongeur !

Téa aussi était **TRISTE**.

Mais je relevai la tête…

QUE SONT LES CYCLONES TROPICAUX ?

Les cyclones sont la combinaison de différents phénomènes atmosphériques – nuages, vents et orages – qui tourbillonnent à une grande vitesse en aspirant et en détruisant tout sur leur passage.

S'ils sont très destructeurs, ils ont également un rôle très important pour la nature, car ils permettent de déplacer la chaleur de la zone équatoriale jusqu'à des latitudes plus élevées.

Les cyclones se forment généralement dans la bande des Tropiques. Ils reçoivent un nom différent selon leur intensité et la zone géographique où ils se développent.

OURAGANS : ce sont les cyclones du centre-nord de l'océan Atlantique, en particulier dans la zone du Golfe du Mexique et de la mer des Caraïbes. Ils se caractérisent par des vents qui peuvent atteindre les 120 kilomètres à l'heure.

TYPHONS : ce sont les cyclones tropicaux de l'océan Pacifique occidental, des mers de Chine et du Sud-Est asiatique.

Dans les autres zones, on les appelle simplement des CYCLONES.

Ne jamais baisser
les pattes !

Si mon expérience avec Chacal m'avait appris quelque chose, c'était qu'il ne faut JAMAIS BAISSER LES PATTES !

Je pensai : « Peut-être un rongeur seul ne peut-il rien, mais avec plein d'amis, tous ensemble, on peut faire BEAUCOUP ! »

Je m'écriai :

– On va y arriver !

Je convoquai tous mes collaborateurs pour une méga-réunion **EXTRA-URGENTE !**

Ils arrivèrent tous quelques instants plus tard, essoufflés et inquiets. Je les entendis murmurer :

– Savoir ce que va dire le patron !

– Il a dû se passer quelque chose de **GRAVe** !

– Peut-être que quelqu'un lui a mangé la réserve de fromage affiné qu'il cache dans le tiroir droit de son bureau !

– Peut-être que les ventes de *l'Écho du rongeur* sont en <u>chute</u> libre !

– Peut-être que Sally Rasmaussen lui a joué un de ces tours dont elle a le secret !

– Peut-être veut-il nous faire part d'une de ses idées assourissantes !

Quand tout le monde fut là, je sautai sur une chaise.

– Mes chers amis, je vous ai réunis parce qu'il vient de se passer quelque chose de très **grave**.

Puis je me tus et tous me fixèrent en écarquillant les yeux. Je les regardai les uns après les autres.

Puis je repris :

– Le maire vient de demander mon aide et la vôtre. Un CYCLONE a dévasté le nord de l'île des Souris.

Tous commentèrent :

– Quoi ?

– Ce n'est pas possible !

– Il n'y a jamais eu de cyclones dans l'île !

Je continuai :

– Hélas, c'est la RÉALITÉ ! Il faut faire quelque chose, et vite ! Avant que le fleuve Rio Azur ne déborde les digues et n'inonde la ville de Baie des Dauphins. Qui veut nous aider ?

Tout le monde répondit comme une seule souris :

– Moiiii !

J'étais ému :

– Merci à tous, du fond du cœur, je savais pouvoir compter sur vous !

Calme et tranquille, je commençai à répartir les tâches. Je savais que…

> ## PLUS LA SITUATION EST DRAMATIQUE, PLUS IL FAUT GARDER SON SANG-FROID !

Téa dit en me regardant travailler :

– Geronimo, tu es sûr que tu te sens bien ? On n'a pas l'impression que tu es toi, on dirait presque…

UNE SUPERSOURIS !

Je souris :

– Ne t'inquiète pas, Téa, c'est bien moi ! Si j'ai l'air d'un autre, c'est grâce à Chacal et à ses conseils…

Puis je téléphonai à ma famille et à tous mes amis : chacun pouvait apporter sa contribution !

JE NE SUIS PAS
UNE SUPERSOURIS !

Je décidai d'imprimer une **ÉDITION EXTRA-ORDINAIRE** du journal : nous allions annoncer la nouvelle du cyclone et inviter tous les habitants de Sourisia à jouer un rôle dans les secours, en envoyant de l'argent, en fournissant des vivres, des couvertures, des médicaments et des véhicules... Mais aussi en donnant des conseils ou un peu de leur **temps** !

Quand j'appelai le maire pour l'informer de ce que j'avais l'intention de faire, il était *très ému* :

– Geronimo, vous arrivez toujours à m'étonner. Mais dites-moi, que vous est-il arrivé ? On dirait que vous avez changé, que vous êtes presque une *SUPERSOURIS !*

Je souris sous mes moustaches en songeant à ce que m'avait appris Chacal, puis je répondis :

– Non, monsieur le maire, je ne suis pas une Supersouris, je suis toujours le même, Stilton *Geronimo Stilton* ! Mais j'ai récemment appris quelques petites leçons sur la manière de faire face aux **difficultés** !

Puis j'appelai ma famille et mes amis pour les inviter à venir tout de suite à la rédaction.

Chacun de mes collaborateurs en fit autant avec les siens et, très vite, nous nous retrouvâmes plus d'une cinquantaine !

IL Y AVAIT UNE FOULE INCROYABLE !

Je désignai des responsables et répartis les différentes personnes dans plusieurs groupes en fonction de leurs capacités…

UNE MISSION POUR CHAQUE GROUPE

Pas de problème pour les transports, je m'en occupe !

Moi, je me charge d'aménager un terrain !

Moi, je m'occupe des soins médicaux !

Moi, j'apporte des couvertures et des sacs de couchage.

Moi, je vais faire des lasagnes !

S'il y a une entreprise impossible et périlleuse, je suis prêt !

Moi, je m'occupe de fournir des vivres et des boissons.

Nous, nous nous relayons pour distribuer la nourriture.

S'il faut quelqu'un pour commander, je me porte volontaire !

L'édition extraordinaire de *l'Écho du rongeur* fut imprimée en un temps record !

Grâce à un groupe de **volontaires** elle fut distribuée dans les rues de la ville.

Grand-père Honoré, qui était arrivé entre-temps, me regarda dans les yeux et dit :

– Bravo, gamin. J'en viens PRESQUE à penser que j'ai bien fait de te confier la direction du journal… Tu es devenu une vraie souris !

Quelques heures plus tard, une petite foule s'était rassemblée devant *l'Écho du rongeur*. J'ouvris la fenêtre et vis des rongeurs et des rongeuses de tous âges, avec les véhicules les plus divers : du semi-remorque au tandem, de la camionnette à la carriole… Chacun avait apporté quelque chose : des couvertures, des vivres, des médicaments, dans un émouvant élan d'amitié et de solidarité.

Tous ensemble, nous chargeâmes les vivres et le  dans les camions, puis un groupe de rongeurs intrépides se prépara à partir pour les zones nord de l'île des Souris où était passé le cyclone. Mon grand-père Honoré Tourneboulé, alias Panzer, glissa ses pouces sous l'élastique de ses bretelles et soupira :

– Ne vous inquiétez pas, je me charge de résoudre le problème le plus délicat, à savoir :

 QUI COMMANDE ?

Puis il ricana d'un air satisfait, en se frisant les moustaches :

– Pour vous aider, c'est moi qui vais commander !

Toute la famille Stilton s'écria en chœur :

– Merci, grand-père, mais NE TE DÉRANGE PAS !

Il fit semblant de ne pas avoir entendu et, très agile, sauta à bord de l'autocar qui devait prendre la tête de la caravane des secours.

Sa fidèle Pina le suivait, en brandissant son rouleau à pâtisserie en argent : moi, je m'occupe de faire des lasagnes !

Grand-père se mit aussitôt à donner des ordres :

Dorénavant, il est interdit de :

– DIRE DES GROS MOTS !

      – SE FOURRER LES DOIGTS DANS LE NEZ !

– COLLER SON CHEWING-GUM
    SOUS LE SIÈGE DU VOISIN

   – CHANTER EN BRAILLANT
        DANS LES OREILLES DU VOISIN

– FAIRE DES BLAGUES DE MAUVAIS GOÛT !

Puis il entonna à tue-tête la marche triomphale d'Aïda* (son opéra préféré), malgré les protestations de ceux qui préféraient la musique moderne et démarra sur les chapeaux de roue.

Ce fut un voyage **TRÈS LONG** !

Aïda est un célèbre opéra de Giuseppe Verdi.

Dans la boue… jusqu'aux moustaches !

Dès que nous descendîmes de l'autocar, nous comprîmes la gravité de la situation.

Les eaux boueuses du fleuve s'étaient énormément **GONFLÉES** et avaient presque atteint le niveau des **DIGUES** !

Il fallait faire quelque chose sans tarder !

Mais quoi ?

Je ne savais pas de quel côté commencer !

Je regardai Chacal…

Il croisa les bras, me fixant d'un air grave :

– *Réfléchis, décide et organise !*

Je réfléchis, puis compris que le plus urgent était de renforcer les digues !

Alors je réunis tout le monde autour de moi et expliquai avec calme et clarté :

– Nous devons **RENFORCER** les digues pour empêcher que le fleuve ne déborde. Tous ensemble, nous pouvons y arriver !

Ce fut un tonnerre d'approbations.

– Oui, on y arrivera !

Je remarquai le regard d'approbation de Chacal et celui, admiratif, de Benjamin.

Je repris :

– Pour la réussite de cette entreprise impossible, le travail de chaque personne sera décisif !

Benjamin et Pandora organisèrent des groupes de rongeurs qui remplissaient des **SACS** de sable pour contenir le fleuve ; d'autres, avec des bulldozers, rassemblaient des rochers, des poutres de **BOIS**, des troncs d'arbre...

Puis nous formâmes une CHAÎNE HUMAINE en nous passant ces sacs très lourds et ces énormes PIERRES de patte en patte, pour construire une barrière le long du fleuve. Nous travaillions dans la boue jusqu'aux moustaches, avec le dos douloureux, les vêtements trempés. Ma seule consolation, c'était que la pluie s'était arrêtée depuis plusieurs heures.

On pouvait y arriver !

Pour me donner de la force, je commençai à chanter à tue-tête ma chanson préférée :

Comme c'est lourd !

Et voilà !

– Je suis une souris tranquille !

Bientôt, les rongeurs qui m'entouraient se mirent à chanter aussi, puis, peu à peu, tout le monde reprit la chanson en chœur…

Je levai la tête et regardai avec admiration ces rongeurs qui travaillaient durement depuis des heures avec générosité et **courage**. Aucun de nous, peut-être, n'était, à lui seul, une super-souris… mais tous ensemble nous étions vraiment des rongeurs exceptionnels !

RONGEURS
AU GRAND CŒUR !

C'est à ce moment qu'un rayon de soleil perça les nuages et que, dans le ciel, se forma un très bel *arc-en-ciel.*

Nous nous remîmes au travail avec plus d'entrain et, bientôt, il fut évident que…

Nous avions réussi !

Nous avions empêché le fleuve de déborder : le village était sauvé ! Il restait beaucoup à faire, mais le pire était derrière nous. Il faudrait un livre entier pour raconter tout ce que firent ces rongeurs au grand *cœur* : ils nettoyèrent les maisons qu'avait envahies la boue, réconfortèrent les enfants et les vieillards, fournirent des

repas *CHAUDS*, de la nourriture séche et des
PAROLES GENTILLES...
Mais je veux vous raconter une dernière chose.
J'ai décidé de faire un disque de la chanson que
nous avions chanté tous ensemble et qui nous
avait donné de la force et du courage. Ce fut un
succès énorme !
Parole de Stilton, *Geronimo Stilton* !

TABLE DES MATIÈRES

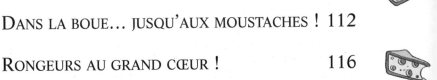

Geronimo Stilton

DANS LA MÊME COLLECTION

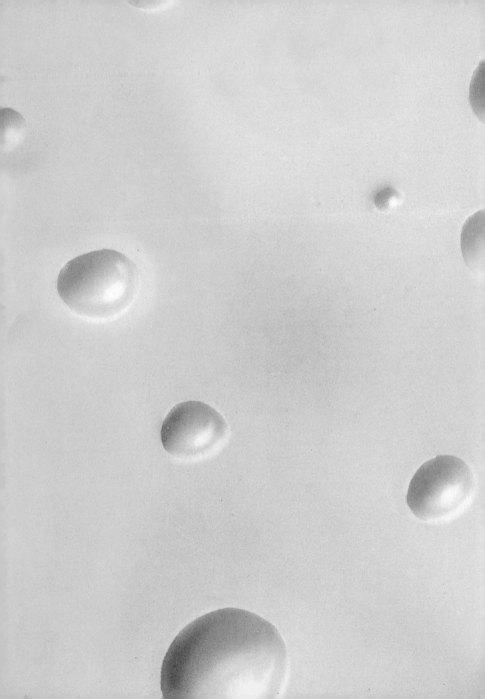

L'Écho du rongeur
1. Entrée
2. Imprimerie (où l'on imprime les livres et le journal)
3. Administration
4. Rédaction (où travaillent les rédacteurs, les maquettistes
   et les illustrateurs)
5. Bureau de Geronimo Stilton
6. Piste d'atterrissage pour hélicoptère

Sourisia, la ville des Souris

1. Zone industrielle de Sourisia
2. Usine de fromages
3. Aéroport
4. Télévision et radio
5. Marché aux fromages
6. Marché aux poissons
7. Hôtel de ville
8. Château de Snobinailles
9. Sept collines de Sourisia
10. Gare
11. Centre commercial
12. Cinéma
13. Gymnase
14. Salle de concerts
15. Place de la Pierre-qui-Chante
16. Théâtre Tortillon
17. Grand Hôtel
18. Hôpital
19. Jardin botanique
20. Bazar des Puces-qui-boitent
21. Parking
22. Musée d'Art moderne
23. Université et bibliothèque
24. La Gazette du rat
25. L'Écho du rongeur
26. Maison de Traquenard
27. Quartier de la mode
28. Restaurant du Fromage d'or
29. Centre pour la Protection de la mer et de l'environnement
30. Capitainerie du port
31. Stade
32. Terrain de golf
33. Piscine
34. Tennis
35. Parc d'attractions
36. Maison de Geronimo Stilton
37. Quartier des antiquaires
38. Librairie
39. Chantiers navals
40. Maison de Téa
41. Port
42. Phare
43. Statue de la Liberté

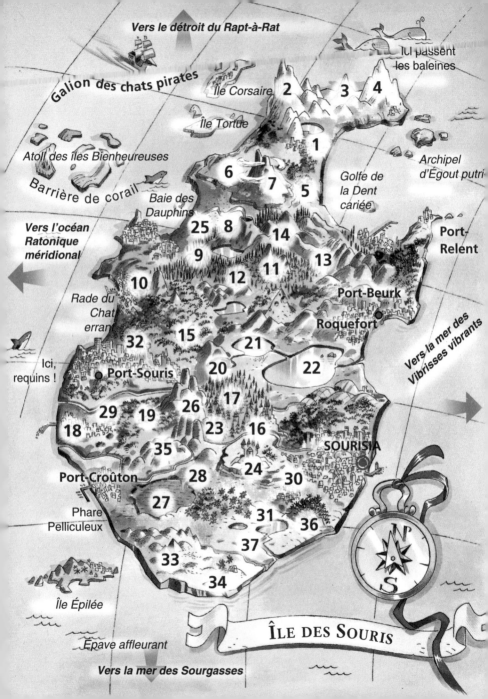

ÎLE DES SOURIS

Île des Souris

1. Grand Lac de glace
2. Pic de la Fourrure gelée
3. Pic du Tienvoiladéglaçons
4. Pic du Chteracontpacequilfaifroid
5. Sourikistan
6. Transourisie
7. Pic du Vampire
8. Volcan Souricifer
9. Lac de Soufre
10. Col du Chat Las
11. Pic du Putois
12. Forêt-Obscure
13. Vallée des Vampires vaniteux
14. Pic du Frisson
15. Col de la Ligne d'Ombre
16. Castel Radin
17. Parc national pour la défense de la nature
18. Las Ratayas Marinas
19. Forêt des Fossiles
20. Lac Lac
21. Lac Lac Lac
22. Lac Laclaclac
23. Roc Beaufort
24. Château de Moustimiaou
25. Vallée des Séquoias géants
26. Fontaine de Fondue
27. Marais sulfureux
28. Geyser
29. Vallée des Rats
30. Vallée Radégoûtante
31. Marais des Moustiques
32. Castel Comté
33. Désert du Souhara
34. Oasis du Chameau crachoteur
35. Pointe Cabochon
36. Jungle-Noire
37. Rio Mosquito

Au revoir, chers amis rongeurs, et à bientôt
pour de nouvelles aventures.
Des aventures au poil, parole de Stilton, de...

Geronimo Stilton